구름의 연비

조영래 디카시집

북즐 시선 01

구름의 연비

펴 낸 날   초판 1쇄 2019년 8월 28일

지 은 이   조영래
펴 낸 곳   투데이북스
펴 낸 이   이시우
교정·교열   김지연
편집 디자인   박정호
출판등록   2011년 3월 17일 제307-2013-64 호
주   소   서울특별시 성북구 아리랑로 19길 86, 상가동 104호
대표전화   070-7136-5700 팩 스 02) 6937-1860
홈페이지   http://www.todaybooks.co.kr
페이스북   http://www.facebook.com/todaybooks
전자우편   ec114@hanmail.net

ISBN 978-89-98192-80-8 03810

© 조영래

이 도서의 국립중앙도서관 출판예정도서목록(CIP)은 서지정보유통지원시스템
홈페이지(http://seoji.nl.go.kr)와 국가자료종합목록시스템(http://www.nl.go.
kr/kolisnet)에서 이용하실 수 있습니다.(CIP제어번호: CIP2019030717)

북즐 시선 01

구름의 연비

조영래 디카시집

투데이북스
TodayBooks

시인의 말

빨간 네모 원고지에 시를 쓰다가
컴퓨터 키보드를 두드려 시를 썼다.

어느 순간부터 렌즈 속에 시가 보이기 시작했다.
나의 카메라는 펜이 되었다.

도시의 길을 걸으며
바닷가에서, 강물을 보며, 숲에서
흘러가는 구름과 바람 속에서 수많은 시를 만났다.

노트에 적어 두기도 했지만
파인더에 담아온 시가 생생하게 살아있곤 했다.
폴더 속에 묶어둔 이야기들 이곳에 펼쳐 놓는다.

2019년 8월
조영래

차례

제1부

제2부

제3부

제4부

제1부

바람의 행로

정자가 난자를 만나 새 생명이 되는 건
삼억 이천만 분의 일 확률

하지만 그대들에겐 모두 열려 있나
지금 바람이 불어온다
이제는 무한의 세계로 날아갈 시간

번개

내 안에 떠돌던
흰구름 먹구름
허공 속에 부서진 날

번쩍
깨달음 한 줄기

푸른 달무리

너무 울창하면 보이지 않았어
할 말이 많으면 들리지 않았지
두껍게 껴입으면 만져지지 않았어

무성한 잎 떠나간 뒤
벽에 남겨진 그대의 말

봉인된 시간

이 나이테 시기에
신경증 앓던 날들이 있었지

내 기억의 서랍 속에는
작은 애벌레 하나 안간힘 쓰던
간절한 시간이 있었네

계절의 속도

슬리퍼 신고 달리는 아이
자전거 타고 스치는 소년
총알택시 몰고 가는 사나이
지팡이 짚고 가는 노인

속도는 다르지만 같은 계절을 산다

*움직이는 피사체 따라 패닝(panning) 기법으로

사선의 속도

천장 위로 열어놓은 선루프
달리는 창밖에 비가 내린다

시속 30km 일 땐 빗줄기가 들어오더니
80km를 넘어서자 들치지 않는다
슬픔도 외로움도 그렇다

허공을 걷다

손을 놓을 수가 없다
줄을 끊을 수도 없다

지금은 공중에 매달린 시간
무릎 아래 세상은 쉴 새 없이 흐른다

접점(接點)

길과 길은 만나고
물과 물은 흘러야 하리

지척에 두고 겉돌다
어둠의 경계에 빛이 난다

간이역

갈 길이 먼
급한 마음은 서지 않는 곳

밤 깊도록 눈이 내리네

홀로 떠나고
홀로 다시 돌아오네

터미널 비둘기

하늘에서 일용할 양식이 내려온다
콕 쪼는 순간 입에 녹는다

흩날리는 투명한 낟알
허기진 영혼을 채울 수 있을까

눈 내리는 터미널, 환시 착시에 차는 떠난다

폭설 2

아무리 와이퍼가
손사래쳐도 감당할 수가 없다

점점 느려지는
하늘과 길의 버퍼링
오늘 밤은 거부할 수 없는 고립

비꽃

낙화가 아니라 낙법이다
소멸이 아니라 명멸이다

안개꽃보다 투명하고
동백꽃보다 처절하다

단 한순간에 피고 지는 찰나의 꽃

걸어둔 시간

시간을 물 쓰듯 했었지
그게 미안하여
남루함을 덮어 주었지

숲속에 비가 내리네
물시계 되어 흘러내리네

꽃 피는 계단

사선에
허공에 꽃이 핀다

꽃은 왜 피는가
나는 왜 자꾸만 피려 하는가

지금은 로댕의 시간

목련 훌라후프

밤마다 등불 밝히더니
사월의 편지를 읽던 그녀는 보이지 않네

사월(四月) 하늘 위에
사월(思月)이 돌고 있네

바람의 집

밤새 바람이 일고
수많은 생각들이 쌓인다

눈을 떠보면
지붕도 기둥도 없는
모래 위의 집 한 채

성선설

아무리
모질고 매운 것들도
외로움이 깊어지면
온몸으로 푸르른 싹을 틔운다

로드 킬(road kill)

남들보다 더 높이
나무와 허공 사이를
가볍게 날아다녔지

어느 한순간
길에 내려와 길을 멈추었다

제2부

폭설

라면 한 상자
쌀 한 말에 김치 한 동이
눈빛만 보아도 편안한 사람

책 스무 권만 있다면
보름 동안 갇혀 있어도 좋을 감옥이어라

구름길

그대가 오는 길
그대에게 가는 길
덜컹이지 않는 길 어디 있으랴

땅 위에 구름 위에
수많은 흔들림 방지턱

붉고 푸른 밤

바다와 강이 만나는 곳
표류하던 마음이 묶였다

나는 늘 열린 세계를 꿈꾸었고
너는 언제나 한 쪽으로만 흐르길 원했지

밤이 찾아오는 시간, 반쪽 둘이 나란히 누웠다

빈자리

그리운 사람은
떠난 자리도 빛이 난다

어둠이 찾아오거나
밀물이 몰려와도 잠기지 않는다

회귀

사는 게 절박했을 때
그리움은 모두 물에 빠져 죽었지

그곳에도 노아의 방주가 있었을까
붉은 꽃잎배 따라 다시 찾아오네

월견초

저녁 강바람에 흔들리고
먹구름이 지나가도
당신을 기다렸지요

달무리 가득한 오늘 밤
내일은 비가 내려도 좋아

애모(愛慕)

전등을 꺼도 보이네
눈 감아도 떠오르네
얼굴 가려도 그려지네

그대는 빛, 나는 실루엣

징후

솔방울이 너무 많이 달리면
소나무의 삶이 힘겹다는 것이다

잔잔하던 수면에 파문이 자주 일면
사랑도 그렇다는 것이다

세상의 일들에겐 대체로 전조증상이 있다

사랑학개론

그리운 사람은 못 만나서 애타고
꼴 보기 싫은 놈은 맨날 붙어 괴롭지

집착은 부러워 말고
홀가분함에 슬퍼하지 마라

뜨락에 여우비가 내리네

저녁 강변

산 너머로 열렬함이
사라지면 어둠이 밀려오겠지

튀어 오르던 생각들은 어디로 갔을까

너는 흘러갈 강물을 생각하고
나는 침잠의 깊이를 생각한다

어떤 상속

가난한 아버지는
팔 남매에게 땅 대신
하늘 한 마지기씩 물려주었네

흰구름 먹구름 꽃구름
자식들은 하늘의 뜻대로 살았네

인연

씨실로 이어지고 날실로 얽혀
벗어나지 못한 굴레

차마 놓지 못한 사슬은
부서지고 녹슬기도 하더라
질긴 끈으로 다시 묶기도 했어

철이의 바다

부모는 해초를 말렸지만
늘 피가 마르고 돈이 말랐다
그래도 아무런 말씀이 없었다

소년은 미역 마르는 철에
부쩍 철이 들었다

구름 공장

가슴에 비를 내리고
어깨에 함박눈을 쏟아붓던
그 구름들의 공장을 만났어

저것 봐, 세상의 눈물을 모아
이 밤에도 쉴 새 없이 쏘아 올리잖아

수평선

아들이 연애질할 때도
어머니는 부지런히 물질을 했다

동행

반쪽을 찾았다
분신이 태어났다

어디선가 바람 한 줄기
내 안의 또 다른 내가 찾아오면
일촌과 무촌은 비탈길이었어

이사 가는 날

공부에만 전념하던 청춘 시절엔
리어카 한 대 분량이 전 재산

지금은 늘어난 살림살이 2톤에
비전 1톤, 책임감 1톤, 그리고 부양가족

제비

저쪽 세상은
네온사인 화려한 밤의 천국

이쪽은 먼 강남에서 유학 온
작은 새들의 둥지

아이들은 내년에 무엇을 기억하며 돌아올까

제3부

우화(羽化)

조금 전까지 나였던 나
수려한 날개 달고 나니
나의 또 다른 나는 텅 빈 껍데기

이젠 초라해 보이는 그
차마 손을 놓을 수가 없네

환생

백사장에 내던진 소주병

그 날카로운 파편도
파도에 구르고 구르고 나니
푸른 옥돌이 되었네

환시

밤새도록 씨름하며
단단히 묶어둔 생각들

날이 밝으면
피 묻은 도깨비 빗자루 하나

성장통

큰 꿈을 버리지 않으면
어찌 아프지 않으랴

너는 높이 오르기 위해 아프지만
나는 깊이를 위해 아프구나

환골탈태

내가 나를 낳는다
진땀이 흐르고 혼몽하다
거듭 태어나는 건 이렇게 힘든 일

날개는 아무도 달아주지 않는다
스스로 고통의 눈물이다

사량도 혹은 사랑도

그 섬에 가면
비워내고 내려놓기 좋다

들어가는 배는 무겁지만
돌아오는 배는 가볍다

모두 거울 앞에서 달라진 모습을 비춰본다

등대

그는 바위섬에 서서
어두운 항로를 멀리 밝혀 주었지

나는 벽 앞에서
앞가림에 늘 급급하구나

구름 농법

물을 가두거나 뿌리는
논농사 밭농사는
어쩌면 모두 다 구름이 하는 일

머릿속에 흘러 다니는 뜬구름도
잘만 묶어두면 쓸만한 농법

귀농 안부

나의 씨감자는
고층 아파트 베란다 구석에
일 년간 가택연금 중 홀로 싹을 틔웠네

산골에 귀농한 친구의 감자는
금빛 알토란 되어 택배로 도착했네

수확

하루를 털어본다
일 년을 날려본다
살아온 날을 뒤돌아본다

웬 까끄라기는 이렇게 많은가

복사꽃 언덕

안간힘을 쓸수록
점점 더 빠져들었다

어두워질까 두려웠다
환장할 수렁이었다

그래도 그때는 봄날이었다

산중일기

마음속의 늑대 승냥이는
북적이는 도시에서 산속까지 따라왔네

오랫동안 야위어버린
아직은 죽지 않은
길 잃은 영혼에게 젖을 주었네

섬을 위한 기도

내 몸은 흑과 백이 반반
바다엔 수평과 역동이 반반
섬에는 오롯함과 쓸쓸함이 반반

너무 어두우면 별과 달이 찾아오고
너무 눈부시면 구름이 몰려오네

이몽(異夢)

나는
새를 꿈꾸고

새는
나를 꿈꾼다

바람의 내부

고요한 날에도
그가 찾아와 흔들었지

견딜 수 없어
단단히 묶어 둔 울림통

벼랑 끝 바람종 아래 숨죽여 울고 있구나

가시밭길

찌르는 게 많으면
괴로운 일들이 펼쳐지곤 했었어

허리 굽혀
하나씩 뒤집어 생각하니
푸른 길이 열리네

빛을 찾아서

흐트러진 나를
배낭에 주워 담고 멀리 떠나온 길

가는 곳마다 빛이 가득하다

내가 찾는 것은
아무것도 없고 모든 게 있구나

별이 빛나는 밤

섬에서 산골에서 태어난 오래된 소년들
스스로 높이 오르고 황금을 밝히며
빛나는 명예를 위해 쌍심지 켜고 살았지

오늘 밤엔 모두 내려놓으니
별이 가득하게 보이네

제4부

빨간 애플의 고백

낮과 밤의 심한 일교차엔
눈물의 당도를 높여야 한다
번쩍이는 은박지 조명에 양쪽 뺨을 붉혀야 한다

가을 언덕의 감정 노동을 보며
프란츠 카프카의 '빨간 피터의 고백'을 듣는다

겨울 바다

민박집 창밖으로 밤새 눈이 내렸지

마음에 없는 말 바다에 녹아버리고
그리운 말은 쌓여 있네

간밤의 적설량은 말의 적설량(積說量)
부딪친 말은 넘어져 있구나

얼음꽃

분수처럼 솟아나던 말
오늘은 왠지
입이 잘 열리지 않네

언어의 온도를 낮추면
이렇게 꽃이 되기도 하는 것을

개나리의 고백

한겨울에 꽃피우면
나를 미쳤다고 했어요

이른 봄 너무 일찍 꽃피우면
살짝 돌았다고 하더군요

늘 깨어 있는 영혼이고 싶었습니다

파문

내 안에 일던
물결은 어디서 왔을까

잠시 사라지더니
구름이 붉어지고 갈 길 서두르자
물수제비 되어 따라오네

묵언

혼자 지껄인 날은 배가 고프다
거품을 물고 떠든 날은 더 공허하다

수심이 깊어지면
불필요한 말은 익사한다

풍향계

항구에 밤이 켜지자
이제 막 동남풍이 불어온다

바람의 진원지
바람의 행선지는 어디일까
저 불빛 속으로 나는 돌아가야 한다

도시의 섬

새 둥지 보다 높지만
버튼 누르면 스르르 올라가는 곳
밤하늘과 가깝지만 별은 희뿌연 곳

하얀 와이셔츠에 넥타이 차고
고기 몇 마리 잡아서, 밤이면 저 섬으로 간다

기억의 무게

처마 끝에 매

달

린

낡고 고단한 짐들이여

산사의 풍경(風磬) 소리 되어 낭랑하게 가볍게

해녀

깊은 물길만 헤매는 게 아니다
물구나무 서서 보물만 찾는 게 아니다

육지에 오르면
또 다른 시간을 끌어야 한다

하나로 이어지는 바다와 뭍길

체액의 연비

휘발유 일 리터는 1598원
피 일 리터는 산정불가

기름 일 리터는 12.4km 주행
땀 일 리터는 구석구석 동네 한 바퀴

생의 수레바퀴는 언제나 셀프다

둥지의 봄

아이들 다 키워내자
불어오던 스산한 겨울바람

한동안 비워둔 집에
봄이 찾아와
꽃무늬 가득 도배를 해주었네

사라진 종달새

이밥과 보리밥 사이
힘겨운 고갯길이 있었지

이제는 그 경계에
피자와 치킨과 햄버거가 있다

이팝나무 꽃 아래 오월의 물결이 넘는다

발광

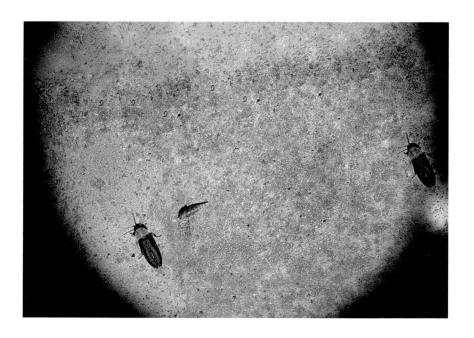

어둠을 밝히는 반딧불이는
유충 과정부터 빛내는 연습을 한다

나는 등대와 가로등과
자동차 전조등에 카메라 플래시까지
발광(發光)에 발광(發狂)을 하며 산다

민달팽이

애야
아무리 더워도
옷은 입고 다니거라

답답해도 헬멧은 쓰고 다니렴
세상은 위험한 천국이란다

청도 반시

감골 아낙, 늦은 가을밤 추위에 떨고 있었네

감꽃 필 때는 꿀벌도 찾지 않고
수꽃이 없어서 감 씨가 생기지 않는다지

남정네들이 다가와 모두 떨이해주었네
수컷들은 무심했지만, 남자들은 따뜻했네

*경북의 청도 반시는 씨가 없다. 다른 지역에 옮겨 심으면 씨가 생기고, 청도에 심으면
씨가 없다고 한다. 감꽃 필 때, 안개로 인하여 꿀벌이 없어서 그렇다는 설이 있고 암꽃과
수꽃의 개화 시기가 달라서 그렇다는 설도 있다. 접붙이기로 감나무를 번식한다.

갈색 추억

당신과 나의 외나무다리
모래 위를 걸었네
물 위를 걸었네

무심하게 흐르는 강물
때로는 무섬을 건너도 좋았지

*경북 영주의 내성천이 흐르는 무섬마을

절정

가수 적우(赤雨)의 열창에
무대는 붉은 비가 쏟아졌다

온몸으로 싹을 틔우고
비바람에 몸부림치던 나무는
클라이맥스가 되자 깊은 가을을 쏟아내었다

디지털 시대의 시적 소통

조영래

시인이라는 존재는 직업일까 상황일까. 많은 시인들이 관공서나 공적인 일의 신상명세서를 기재할 때 망설이는 부분이다. 나의 경우는 학교기관이라는 별도의 생계수단을 갖고 창작활동을 해오며 겸업 시인이었다가 지금은 전업 시인이라는 환경이 되었다. 나는 카메라 렌즈를 통해 세상을 바라보고 의과대학 연구소의 전자현미경을 통한 미세구조 연구를 통해 삶을 해결했으며, 망원경으로 밤하늘의 별을 보며 거울과 렌즈(유리알)에 각별한 인연을 가졌다. 헤르만 헤세의 '유리알 유희'와 정채봉의 '망원경과 현미경'은 나의 삶과 밀접하다. 상상력에 의존하거나 이론적으로만 인지한 게 아니라 직접 현장의 광학기기 활용으로 생생하게 일해 온 특별한 이력을 갖고 있다. 그렇지만 거시적, 미시적 세계에 육안과 마음으로 바라보는 인문학적 철학적 사유는 시 쓰기에서 매우 중요하다고 생각한다.

빨간 네모의 원고지에 글을 쓰다가 21세기 컴퓨터 범용

화 시대의 디지털 환경에 적응하면서 포토 에세이, 포토 포엠을 거쳐 2004년에 태동한 디카시의 세계에 합류하게 되었다. 프랑스 출신의 으젠느 앗제(Jean Eugene Auguest Atget, 1856~1927)를 카메라의 시인이라고 부르기도 한다. 그가 활동한 19세기에서 20세기에 비하면 21세기는 엄청난 변화를 겪어왔다. 고독의 늪에서 가슴으로 셔터를 누른 가난한 사진가 으젠느 앗제의 시대적 문명과 환경에서 첨단 정보통신 시대의 이미지 표현과 소통은 사뭇 대조적이다.

문학, 시 창작 분야도 그렇다. 최근의 현대시는 난해하여 예전과 달리 시집이 잘 팔리지 않는다. 독자들은 컴퓨터나 스마트폰으로 글을 읽으며, 긴 분량의 내용은 읽지 않는다. 디카시는 시대적 상황에 잘 맞춰 태어난 장르이다. "문득, 한 편의 시를 만나는 경우가 있다. 자연이나 사물에서 문자로 기록되어 있지 않을 뿐인, 완벽한 시적 형상을 발견하고, 저건 바로 시인데 하고 놀랄 경우가 있다. 그걸 디카로 찍어서 한 컷의 영상 프레임으로 가져와서 문자로 재현하는 것, 그게 디카시다. 기존 시의 범주를 확장하여 문자를 하나의 텍스트로 결합한 멀티 언어 예술이다."라는 이상옥 교수의 말에 매우 공감한다. 극순간성, 극현장성, 극사실성, 극서정성의 특성은 다큐멘터리 사진과 닮아 있다. 디카시는 자유시, 정형시, 산문시, 서정시, 서사시 등 시의 한 장르로 자리 잡고 있다.

나 역시 일반 문자시를 써 오면서 문득 길을 걷다가 시를 만난 적이 많았다. 아날로그 필름 카메라 시절엔 현상, 인화 과정을 거치는 동안 시적 영감이 사라지는 경우가 많았는데, 디지털 카메라는 LCD 화면을 통하여 바로 확인이 가능하여 시적 상상력이 원활하게 연결되곤 했다. 처음엔 화질이 좋은 전문가용의 무거운 DSLR 카메라를 많이 쓰다가 요즘은 스마트폰을 자주 쓰게 되었다. 3G, 4G, 5G로 발전하면서 카메라 렌즈 성능이 눈부시게 향상되었기 때문에 언제 어디서나 시적 형상을 발견하면 바로 디카시로 연결되는 장점이 있다.

바람의 행로

정자가 난자를 만나 새 생명이 되는 건
삼억 이천만 분의 일 확률

하지만 그대들에겐 모두 열려 있다
지금 바람이 불어온다
이제는 무한의 세계로 날아갈 시간

민들레 씨앗을 보면 낙하산이나 동물의 정자 세포가 떠오른다. 강이 흘러 바다와 만나는 지점이 가까워지는 을숙도 들판이나 낙동강 하구언, 부산의 삼락생태공원을 거닐면 수많은 민들레 꽃이 눈에 띈다. 바람에 날리는 그들을 보며 폴 발레리의 "바람이 분다, 살아야겠다"와 함께 디카시 몇 줄이 번쩍 떠올랐다.

번개

내 안에 떠돌던
흰구름 먹구름
허공 속에 부서진 날

번쩍
깨달음 한 줄기

　앞에는 왕복 10차선 시내 중심도로가 지나가고, 뒤에는 경부선 철길이 놓인 도심 한복판의 주상복합 아파트에 살았다. 지하철 역세권에 속하고 시내버스 노선 등 대중교통이 편리한 곳이었는데, 소음과 분진으로 불편을 겪어야 했다. 천둥이 치고 비바람이 거센 여름날 저녁 12층 집에서 운 좋게 번개를 만났다. 베란다 창문을 열고 삼각대를 사용하여 촬영하느라 온몸이 비에 젖었지만 귀한 디카시 한 편을 얻게 되었다. 지금은 저 사진 속의 산 아래 공기 좋은 고지대 아파트에 산다.

봉인된 시간

이 나이테 시기에
신경증 앓던 날들이 있었지

내 기억의 서랍 속에는
작은 애벌레 하나 안간힘 쓰던
간절한 시간이 있었네

시골에 귀농한 친구가 찻잔 받침대로 쓰라며 소나무를 둥글게 톱질해주었다. 여러 개 중에서 몇 개를 책장 밑에 두었는데, 책과 책 사이에 애벌레들이 자리를 잡고 있었다. 나이테를 관통한 나무 틈 사이에도 벌레가 슬어 있었는데 작고 여린 그 생명과 사람의 청소년기에 해당하는 15개 정도의 나이테가 선명했다. 나의 청소년기가 떠올라 디카시를 쓰게 되었다.

접점(接點)

길과 길은 만나고
물과 물은 흘러야 하리

지척에 두고 겉돌다
어둠의 경계에 빛이 난다

낙동강이 남해바다와 만나는 지점의 부산 다대포 해변이다. 몰운대가 있고, 바다 건너 가덕도와 거제도가 펼쳐진다. 낙동강은 강원도 태백에서 발원하여 안동 구미 대구 창녕 밀양을 거쳐 이곳에서 바다가 된다. 밀물과 썰물, 상류에서 흘러온 수량에 따라 백사장의 모습이 수시로 변한다. 일몰이 가까워지는 서편을 보며 작은 물길과 물길, 경계와 접점이 떠올랐다. 그 후 저 장면과 똑같은 물길은 만나지 못했다.